AF395234

CYRUS

A LA COUR D'ASTYAGE

PIÈCE HISTORIQUE EN UN ACTE ET EN VERS

PAR L'ABBÉ DONATIEN HIRON

LE MANS

LEGUICHEUX-GALLIENNE, IMPRIMEUR, LIBRAIRE-ÉDITEUR

15, RUE MARCHANDE ET RUE BOURGEOISE, 16

—

1876

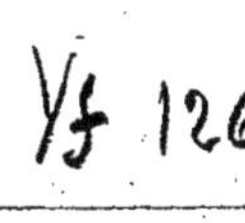

CYRUS A LA COUR D'ASTYAGE

PIÈCE HISTORIQUE EN UN ACTE ET EN VERS

Par l'abbé Donatien HIRON

PERSONNAGES

Astyage, roi de Médie.

Mandane, fille d'Astyage, épouse de Cambyse, roi de Perse, mère de Cyrus.

Cyrus, petit-fils d'Astyage.

Harpage, officier d'Astyage, gouverneur de Cyrus.

Jacas, fils d'Harpage, ami de Cyrus.

Sacas, grand échanson d'Astyage, organisateur des festins du Roi.

Nodac, intendant d'Astyage, chargé de la garde-robe.

Spitame, chef des Gardes de la Reine.

Officiers et Gardes.

CYRUS A LA COUR D'ASTYAGE [1]

PIÈCE HISTORIQUE EN UN ACTE ET EN VERS

La scène se passe à la cour de Médie, dans la salle d'honneur du palais d'Astyage. — Astyage est sur son trône, et ses officiers assis à ses côtés.

Scène I

ASTYAGE, HARPAGE, SACAS, NODAC, SPITAME.

ASTYAGE.

Je reconnais enfin toute l'erreur du songe
Qui m'a troublé longtemps ; c'était un pur mensonge !...
Par cet aimable enfant que les dieux m'ont donné,
Par mon petit Cyrus je serais détrôné ?...
Il fait tout mon bonheur, son bel esprit me charme ;
Si je veux craindre encor, son bon cœur me désarme.
Depuis que je l'ai pu recevoir à ma cour,
Je me vois près de lui rajeunir chaque jour :
Il m'entoure de soins, et malgré sa jeunesse
Se montre toujours gai, ne fuit point ma vieillesse.
Je l'ai vu maintes fois abandonner ses jeux
Dès qu'il m'apercevait ou triste ou soucieux,
Et chercher doucement du regard le plus tendre
A bannir ces ennuis qu'il ne pouvait comprendre.
Son esprit est subtil et son cœur généreux,
Il se montre docile et très-respectueux,
Pénétrant, circonspect, aimable et toujours sage :
Il ne ressemble en rien aux enfants de son âge.

---

(1) Le fond de cette pièce est emprunté au récit de Xénophon.

Je veux donc, mes amis, qu'il s'attache à ma cour
Et perde pour longtemps tout désir de retour ;
Les Perses, je le sais, me l'envieront peut-être,
Je le leur renverrai, mais pour être leur maître.
Harpage, tu le vois, il faut en l'instruisant
Faire aimer la Médie à ce petit enfant,
L'entourer de plaisirs, de serviteurs habiles
A se montrer toujours à ses ordres dociles ;
Pénètre son esprit, il est plein de douceur,
Et son âme si noble est avide d'honneur ;
De science il désire enrichir sa mémoire,
Il rêve les combats, il aspire à la gloire

HARPAGE.

Sire, j'ai déjà pu connaître cet enfant ;
Je suis, vous le savez, son meilleur confident.
Depuis ce temps surtout où son humeur guerrière
Grâce à tous mes efforts a pu se satisfaire :
J'ai su gagner son cœur en comblant tous ses vœux.
Chaque jour à cheval il monte sous mes yeux,
Il se livre avec joie à ce noble exercice
Et je trouve ma gloire à lui rendre service,
Car bientôt, sachez-le, mon illustre écolier
Deviendra, j'en suis sûr, un vaillant cavalier.

ASTYAGE.

Je te reconnais bien et suis heureux, Harpage,
Qu'il reçoive de toi des leçons de courage ;
Choisis donc, je le veux, parmi tous mes chevaux
Pour Cyrus et pour toi deux d'entre les plus beaux ;
Forme ce jeune prince à la course, à la lutte,
Agis avec prudence et prévois toute chute.

Veille sur ce trésor que j'ai mis en tes mains,
Tu connais mon enfant et tu sais mes desseins.

(S'adressant à Nodac) :

Pour toi, Nodac, tu dois triompher du caprice
De mon petit Cyrus, et par quelque artifice
L'amener à quitter ses habits trop grossiers ;
Choisis donc quelques-uns de mes plus beaux colliers,
Étale devant lui mes bijoux les plus rares,
Ces bracelets de prix dont souvent tu me pares ;
Sache éblouir ses yeux, le forcer à choisir,
Orne son cou, ses bras, pour me faire plaisir.
Obtiens ce premier point, cher Nodac, je me flatte
De le voir avant peu se vêtir d'écarlate,
Renoncer à jamais à ses habits persans,
Surpasser à ma cour tous les autres enfants.

NODAC.

Sire, j'obéirai, mais je n'espère guère
Triompher quelque jour de cette âme si fière ;
Le prince ne veut pas écouter mes avis :
Il n'a point, me dit-il, honte de son pays,
Il déteste le luxe, et la magnificence
Ne peut sur son esprit avoir quelque puissance.
Il se garde pourtant de jamais critiquer
Les maximes de goût qu'il nous voit appliquer.
De la Perse il connaît les principes sévères,
Il aime à se montrer sous ces dehors austères ;
Notre faste, je crois, ne pourra l'éblouir,
Il chérit sa coutume, il veut la maintenir.

ASTYAGE.

Cet enfant, je le sais, tient fort à ses usages,
Un jour il trouvera les nôtres bien plus sages.

Je t'ordonne, Nodac, d'essayer lentement
De vaincre ce caprice et cet entêtement ;
Il ne faut pas brusquer : la force serait vaine,
Je défends qu'à Cyrus on cause quelque peine ;
Mais j'ai le ferme espoir que grâce à tes efforts
Il saura prendre goût à nos brillants décors.
Détestant avant peu ces laids habits qu'il aime
Il en voudra de beaux qu'il choisira lui-même.

(S'adressant à Sacas.)

Et toi, Sacas, réponds, pourquoi ce désespoir ?...
Les refus d'un enfant peuvent-ils t'émouvoir !
Toi, mon digne échanson, toi, serviteur modèle,
Qui sais toujours trouver une gaieté nouvelle,
Pourrais-tu donc souffrir sur tes traits assombris
Le chagrin remplacer et la joie et les ris ?
Fais trève à ces pensers, j'ai besoin de ton aide
Pour qu'à tous mes désirs mon Cyrus enfin cède ;
Si je peux le gagner à nos brillants festins
Mes succès près de lui ne sont plus incertains.
Redouble, cher Sacas, et de soins et d'adresse :
Se peut-il qu'à ton art résiste sa jeunesse !
En Perse il n'a point vu de ces mets succulents,
On se nourrit de peu, même aux repas des grands.
Je veux garder Cyrus, pour moi-même l'instruire,
Sache me seconder, nous pourrons le séduire.

SACAS.

Mais, Seigneur...

ASTYAGE.

Ainsi donc, je veux plus que jamais
Voir paraître à mes yeux toujours de nouveaux mets.

SACAS.

Vous savez que le prince ose y toucher à peine...

ASTYAGE.

S'il peut y prendre goût, ma victoire est certaine.

SACAS.

Contemplant les apprêts du repas somptueux
Où vous aviez l'espoir de le voir si joyeux,
Le prince n'a montré que de l'indifférence,
Et vous-même, Seigneur, savez ce qu'il en pense.
« Pourquoi donc tant de soins, à quoi bon ces détours?..
« En Perse, disait-il, nos chemins sont plus courts ;
« Nous ne connaissons point tous ces vains artifices,
« Ces mets si recherchés et ces nombreux services ;
« Dédaignant ces circuits pour apaiser la faim,
« Nous prenons simplement du cresson et du pain. »
Lorsqu'il eut dit ces mots, vous l'avez vu vous-même
Distribuer les mets aux officiers qu'il aime.

HARPAGE.

Cyrus me fit l'honneur de daigner m'en offrir,
Parce que chaque jour je sais bien le servir ;
Souvent il m'accompagne à la course, à la chasse,
J'ai pu me l'attacher en réglant son audace.

SPITAME.

Et moi, qui de la Reine ai toujours pris grand soin,
J'étais à ce dîner, il ne m'oublia point.
« Spitame, me dit-il, tu veilles sur ma mère,
« Je veux récompenser ton zélé ministère,
« Veuille accepter ce mets qu'un fils reconnaissant
« T'offre pour te prouver tout l'amour qu'il ressent. »

SACAS.

Comme s'il eût voulu se venger de moi, Sire,
Cyrus ne daigna pas seulement me sourire ;
De ce ressentiment je connais la raison :
Je suis, vous le voyez, trop fidèle échanson.
Je redouble de soins, désirant vous complaire,
Mais la froideur du prince hélas ! me désespère.
N'a-t-il donc pas voulu, remarquant mon dépit,
Me remplacer lui-même et ravir mon crédit ?

ASTYAGE.

Tu t'égares, Sacas, et je ris de tes plaintes,
Elles sont sans motif, aussi bien que tes craintes,
Redouble donc d'adresse, afin de réussir...
Voici, je crois, Cyrus...

SPITAME ET NODAC, (*à Astyage, ensemble.*)

Sire, il nous faut partir.

ASTYAGE.

Allez...

(*Spitame et Nodac sortent.*)

Scène II

ASTYAGE, HARPAGE, SACAS, CYRUS, *entrant*
accompagné de JACAS.

ASTYAGE.

Cyrus... venez, honneur de ma vieillesse,
Que sur votre beau front je pose une caresse ;
Quel bonheur près de vous je goûte chaque jour,
Vous êtes l'ornement le plus beau de ma cour.

Voyez-vous votre maître, un noble cœur, Harpage
Cet officier rempli de savoir, de courage,
Chargé d'étudier vos souhaits, vos désirs,
D'enrichir votre esprit en servant vos plaisirs.
Vous apprendrez de lui le chemin de la gloire
Qui l'a souvent, mon fils, conduit à la victoire.
Il doit vous ménager un bonheur tout nouveau
En choisissant pour vous mon cheval le plus beau ;
Suivez bien ses conseils si prudents et si sages,
Vous obtiendrez sur tous de nouveaux avantages.

CYRUS.

Merci de ce bienfait, bon papa, mais mon cœur
Vient réclamer de vous encore une faveur ;
Permettez à Jacas, qui me plait et que j'aime,
De partager mes jeux et mes études même.

ASTYAGE.

Je veux pour vous, Cyrus, ne rien faire à demi,
Pour maître ayez le père et le fils pour ami.
Qu'il soit digne de vous : issu de noble race,
De ses aïeux un jour il doit suivre la trace.

JACAS.

Je ne suis qu'un enfant, mais je comprends, Seigneur,
Tout le poids des devoirs qu'impose cet honneur ;
Du prince je serai le compagnon fidèle,
Quoique indigne pourtant d'une charge si belle.
Puissiez-vous quelque jour de vos lèvres, grand roi,
Laisser tomber ces mots : « Je suis content de toi. »

CYRUS.

Oh ! je reconnais bien votre bonté, mon père,
Et vous ouvrez toujours votre cœur débonnaire
Pour combler mes désirs.....

ASTYAGE.

Ce n'est pas tout encor,
Il faudra vous vêtir d'habits tout brodés d'or,
Et, pour qu'en ce palais votre noblesse éclate,
Recevoir de Nodac un manteau d'écarlate.

CYRUS.

Bon papa, que Nodac garde ses beaux habits,
Je ne veux pas rougir de ceux de mon pays ;
Et, pour être caché sous ce manteau persan,
Mon cœur bat-il plus froid et moins reconnaissant ?
Pourquoi peindre mes yeux ou farder mon visage ?...
Jusqu'ici j'ai toujours ignoré cet usage ;
Je ne pourrai jamais, non jamais, croyez-moi,
Renoncer à ces mœurs que j'ai prises pour loi.

ASTYAGE.

Mais au moins désormais vous saurez à nos fêtes
Près de moi prendre part à nos plaisirs honnêtes,
Où Sacas, invoquant ses mille et un secrets,
Nous servira toujours les meilleurs de ses mets.

CYRUS

Sacas aurait-il cru surprendre ma jeunesse
Pour avoir sous mes yeux étalé son adresse ?...
Il peut trouver encor mille nouveaux appas,
Pourrais-je de la Perse oublier les repas ?...
Pourtant à vos festins je veux trouver ma gloire,
J'y serai près de vous, pour vous verser à boire,
Et Sacas comme hier, où je l'ai remplacé,
Par moi, vous le verrez, sera bien dépassé :
Devant tous, bon papa, vous l'avez dit vous-même ;
Vous me confierez donc ce doux emploi que j'aime.

ASTYAGE.

Oui j'ai dit, mon enfant, et j'aime à répéter
Que vous ne pouviez mieux hier vous acquitter
Des soins d'un échanson, et chacun des convives
Remarqua votre adresse et vos grâces naïves.

CYRUS (à *Sacas.*)

Sacas, pauvre Sacas, oh ! te voilà perdu,
J'occuperai ta charge et cela m'est bien dû.

SACAS.

Sans attaquer vos droits, pardonnez-moi si j'ose
Dire que vous avez oublié quelque chose,
De goûter le premier.....

ASTYAGE.

C'est vrai, cette liqueur
Que vous me présentiez avec tant de bonheur.
Cette cérémonie, oh ! est essentielle :
Sacas à l'observer est toujours très-fidèle.

CYRUS.

Bon papa, croyez-moi, ce n'est point par oubli
Que j'ai su déroger à l'usage établi.

ASTYAGE.

Pourquoi donc ?.....

CYRUS.

J'avais peur, quand je vous l'ai donnée,
Que la liqueur, hélas ! ne fût empoisonnée.

ASTYAGE.

Qui donc dans votre esprit fit naître ce soupçon ?
Serait-ce toi Sacas, ou quelque autre échanson ?

CYRUS.

Non, mon père, moi seul l'ai conçu dans ma tête,
Un jour que j'assistais à vos festins de fête

Où les grands de la Cour, par vos soins invités,
Se trouvaient en grand nombre autour de vous rangés,
J'y vis les échansons, se succédant par troupes,
De vous et des seigneurs sans cesse emplir les coupes
De cette liqueur même ; vers la fin du repas,
Bon papa, dans la salle on ne s'entendait pas.
Plus tard je ressentis les craintes les plus vives,
Car la tête semblait tourner à ces convives
Riant, chantant, parlant à tort et à travers,
Jetant des cris confus qui remplissaient les airs.
Ma surprise fut grande et ma frayeur extrême,
En vous voyant chanter, rire et crier vous-même ;
Vous aviez oublié dans vos bruyants accès
Que vous étiez leur roi, qu'ils étaient vos sujets.
A la fin du dîner, au moment de la danse,
Votre démarche avait perdu son assurance,
Vos jambes paraissaient se courber et fléchir ;
Je vis que vous aviez peine à vous soutenir.
De tous ces accidents la liqueur était cause . . . .

ASTYAGE.

N'arrive-t-il donc pas, Cyrus, la même chose
A votre père ?.....

CYRUS.

Oh ! non, jamais je ne le vois
A la fin d'un repas changer ainsi de voix.
Il conserve toujours sa démarche assurée
Et sa face jamais ne se montre empourprée ;
Mon père des liqueurs méconnaît les abus,
Cesse-t-il d'avoir soif : eh bien ! il ne boit plus.

ASTYAGE.

J'admire, cher enfant, votre jeune sagesse,
Cette bonne morale et votre gentillesse ;

Vous me réjouissez, et je bénis les dieux
De vous avoir conduit près de moi dans ces lieux.
Plus je sens le bonheur descendre dans mon âme,
Plus je sens croître encor le désir qui m'enflamme.
A ma Cour, cher Cyrus, vous resterez longtemps,
Pour répondre à mes vœux, consoler mes vieux ans.
Mais voici votre mère.....

———

Scène III

LES MÊMES. — MANDANE *entre suivie de* SPITAME.

Tous se lèvent à son entrée, excepté ASTYAGE.

ASTYAGE.

Oh ! quel bonheur, Mandane,
De vous posséder, vous, fleur de la cour persane !
Je veux que les honneurs qui vous sont si bien dus
Vous soient comme autrefois en ce palais rendus.
Vous étiez jeune alors, vous êtes grande reine
Maintenant, mais toujours l'amour qui vous ramène
Ici retrouvera, ma fille, mêmes cœurs
Pour en comprendre encor les royales ardeurs ;
Venez qu'avec transport dans mes bras je vous presse,
Orgueil de mes vieux jours, objet de ma tendresse !
Venez aussi, Cyrus ; dans un même baiser
Que la mère et le fils s'y puissent reposer.

(*Astyage se lève de son trône et les reçoit dans ses bras.*)

MANDANE.

Mon père, de mes yeux je sens couler des larmes,
Car la cour de Médie a pour moi mille charmes ;
De ce séjour auquel j'ai si longtemps rêvé
Les doux moments ont fui, le terme est arrivé.

ASTYAGE.

Grands dieux, se pourrait-il !

MANDANE.

Le devoir me commande...

ASTYAGE.

Qui vous presse, restez.

MANDANE.

Cambyse me demande.

ASTYAGE.

J'étais heureux, Mandane, et vous voulez partir.

MANDANE.

Mon époux me rappelle, il me faut obéir.

ASTYAGE.

Voyez mes cheveux blancs, jamais, jamais peut-être...

MANDANE.

Mon père, épargnez-moi, je dois suivre mon maître.

ASTYAGE.

Mandane, j'oubliais, vous n'êtes plus à moi ;
Je m'incline à regret, retournez vers le roi.
Autant votre présence en ces lieux m'était chère,
Autant votre départ, hélas ! me désespère ;
Mais vous pouvez, ma fille, amoindrir la douleur
Ainsi que le chagrin dont il remplit mon cœur :
Laissez-moi votre fils, mon honneur et ma joie,
Qu'au moins, si je vous perds, chaque jour je le voie.

MANDANE.

Consultez-le vous-même, et selon son désir
Il pourra demeurer près de vous ou partir.

ASTYAGE (*à Cyrus.*)

Vous venez, cher Cyrus, d'entendre votre mère,
Elle retourne en Perse où l'attend votre père ;
S'il me faut d'un seul coup vous perdre tous les deux,
Oh ! comprenez combien je serai malheureux !
D'accompagner la reine, enfant rien ne vous presse ;
Restez donc près de moi me rappeler sans cesse
Ce bonheur que bientôt, hélas ! j'aurai perdu :
Le calme par vous seul peut m'être enfin rendu.
Oh ! Cyrus, répondez... quoi ! votre cœur hésite ?...
Voyez mon désespoir... enfant, consentez vite.

CYRUS.

Mais c'est à vous, ma mère, à répondre pour moi,
Car votre volonté toujours sera ma loi.

MANDANE.

Si vous ne craignez point, cher Cyrus, mon absence,
Vous pouvez demeurer, car ici votre enfance
Aura pour protecteur mon père bien aimé
Et pour appui fidèle un maître renommé ;
Votre esprit s'ornera, grâce aux leçons d'Harpage,
Pour former votre cœur vous aurez Astyage.

CYRUS. (*à Astyage*)

Eh ! bien, je puis rester, ma mère le permet,
Dans vos désirs enfin vous serez satisfait ;
Vous me verrez toujours chercher à vous complaire,
Je vous consolerai du départ de ma mère
En redoublant pour vous de tendresse et d'amour :
Puissiez-vous retrouver le bonheur quelque jour !

ASTYAGE.

Merci, grands dieux !...

MANDANE.

Quel trésor je vous laisse !...
Oh ! veillez bien sur lui, protégez sa faiblesse.

ASTYAGE.

Je le promets.

CYRUS.

Ma mère, avant de vous quitter,
D'un important devoir je tiens à m'acquitter ;
Soyez mon interprète auprès du roi mon père,
Car même loin de lui je veux le satisfaire.
Fidèle à ma promesse et fils obéissant,
Je jure de rester toujours un vrai Persan,
De ne jamais rougir des coutumes qu'il aime
Et de chérir la Perse en l'imitant lui-même.
Je suivrai les leçons de ce noble officier
Pour devenir un jour un brave et bon guerrier.
J'irai vous retrouver avant peu, je l'espère,
J'irai vous rendre heureux par mon amour sincère,
Et rangé pour jamais sous votre douce loi,
J'apprendrai près de vous les devoirs d'un grand roi.

FIN